ディワータの島

しのぶひろ

幻冬舎 MC

ディワータの島

目次

※本作は創作であり、作中の人名や団体等は実在するものではありません。
なお、本作には現在では不適切とされる表現が含まれております。時代背景等を踏まえた上で、その点にご留意いただきながらお読みください。

1

異郷の島へ

バタンガス[1]の港には昼前に着いたが、プエルトガレラ[2]へ渡る船は今しがた出たばかりのようだ。客はみな、船着き場の薄暗い待合室で、次の便まで二時間近く待たなければならなかった。待合室の中は、東南アジアの町に特有の、あの焦げた油に酢を混ぜたような匂いが充満していた。蒸し暑くて淀んだ空気の中で、飲み物や菓子、パン、原色の果物類、匂いの強い串焼きの肉などを売る店が、ところ狭しと軒を連ねていた。通りかかる客を誘う売り子の甲高い声が、船待ちの客同士の交わすタガログ語や英語と混ざり合って、雑然とした印象を一層強めている。

待合室の案内表示や看板には英語と中国語が混在し、他方、そこに表記されたアラニオ、アルフォンソ、バラテーロ、ラゴ・デ・オロなどの町やホテルの名前を読むと、まるでスペインの田舎町にでもいるような響きがある。待合室の外は、むき出しの強烈な陽射しが凶器のように照りつけている。外の白々とした陽射しを見ていると、慣れぬ旅行客はそれだけで目眩《めまい》を起こしそうで、喧騒《けんそう》と噎《む》せ返るような匂いを我慢してでも、この薄暗い待合室の中で陽を避け、じっと次の船が出るまで待つより仕方がない。

「何か飲まれますか？」

吉田という未だ三〇歳代と思しき狐のような目をした男が、木田の不安を見透かしたかのように声を掛けてくれた。ＮＧＯから派遣された彼は、木田俊一をマニラまで迎えに来てくれていた。確かに、その聞き慣れた日本語の響きは、そのときの木田には何よりも心強く感じられたものだ。しかし、木田には日本を発つ前に読んだ旅行書

［1］ フィリピンのルソン島南端の都市で、ミンドロ島へ渡る船の出港地。首都マニラからの直行バスで所要二～三時間。

［2］ ミンドロ島北端の港湾都市で、ミンドロ島の玄関口にあたる。

にあった不衛生な飲み物への注意書きが頭を過《よぎ》り、迂闊《うかつ》な飲み物に手を出すことは躊躇《ためら》われた。目的地までの未だ長い道のりを考えると、緊急にトイレが必要になる可能性のある行為は、極力避けておいた方がいいだろう。少なくとも、島へ渡りきるまでは咽喉《のど》の渇きもなるべく我慢しておくに越したことはない。

「いいえ、大丈夫です」

乾いた唇を舐《な》めながら、そう応えて、なるべく体力を消耗しないように、木田はベンチの隅でじっと俯《うつむ》いていた。

質の悪いスピーカーから流された英語のアナウンスは、音が籠ってよく聴き取れなかったが、「さあ、出るようですよ。行きましょう」と言う吉田に促されて、木田は重い旅行用スーツケースを引きずりながら、彼の後に従った。

七千以上の島からなるといわれるこの国で七番目に大きな島へ渡るにしては、桟橋に横付けされた船は、想像していたより随分小さい。川を渡る渡船のような幅の狭い船に、船の姿勢を安定させるためのサイドフロートが取り付けられていた。こんな小さな船で外洋を越えなければならないのだ。桟橋から船に乗り込む際の歩み板はヒト一人通るのがやっとの狭さだ。ここを重いスーツケースを引きずりながらどうやって渡ろうかと一瞬逡巡《しゅんじゅん》していると、後ろから来た屈強な男が、ひょいとそれを肩に担ぎ上げて船内に運び込んでくれた。助かったとは思ったが、勿論親切で運んでくれたわけではない。チップにと木田が五〇ペソ手渡すと、これでは少な過ぎるとして、結局一〇〇ペソ支払わされることになった。それでも、自分で無理して担いでバランスを崩し、海に転落することを考えれば安いものだ。そういえば、赴任地を知らされた際に集めた情報の中には、以前プエルトガレラ周辺の海域でフェリーの転覆事故があり、日本人を含めた多くの犠牲者が出た、との報道があったのを思い出した。船内は地元の人々に交じって、西洋人の姿が意外なほど多く見受けられる。木田は財布を入れたショルダーバッグを胸元に抱えながら、狭い船内でまるで彫像のようにじっと身じろぎもせず、大勢の船客の中に身を固くしていた。

船は一時間ほどで対岸のプエルトガレラに到着した。プエルトガレラの桟橋付近は、木田が予想していた以上に明るく清潔感があり、桟橋に面した海岸沿いには、土産物屋と小さな食堂が並んでいた。

「ここで昼飯にしましょう」と言う吉田の先導で、桟橋に近い食堂に入る。メニューを見せられたが、名前を見ても料理が想像できない。無難なところにしておこうと、カレーと書かれた料理を注文した。出てきたチキンカレーは、見かけこそ悪いが思ったより旨い。マンゴージュースをおそるおそる飲みながらカレーを食べる木田の横で、吉田は旨そうにビールを飲んでいる。

「いやあ、暑いですね。ビールが旨いですよ。ドクターは飲まれないんですか?」

マニラで会って挨拶を交わして以来、彼は木田をドクターと呼んでいる。

ＮＧＯカウバオの活動とは、民間の日比交流事業の一環ということだったが、詳しいことは木田には分からなかったし、あえて調べようともしなかった。この島の原住民であるマンギャン族に関する民族学的な調査と支援事業を進めているというその活動へ、現地で支援する邦人の健康管理を兼ねた協力者として参加を決めたのは、昨年のことだった。子供たちがそれぞれ独立し、妻に先立たれて一人だけで生活するようになってから、自分でも歯がゆく思うほど仕事への、というより生きることそのものへの意欲が萎えてきているように思えて仕方がなかった。もともと多忙にかまけて趣味らしい趣味も持たなかったし、仕事以外で特に興味のあることとて何もなかった。最近では、その仕事中にすらふっと集中力が途切れ、まるで関係のないことを考えているのに気づいて、思わず我に返ることも度々だった。

目標もなく、間近に迫った定年までの日々を、何となくただ惰性で生きているだけのような気分になっていた木田に、あるＮＧＯから短期協力者の募集があると教えてくれたのは、国立大学を定年退職後、今は私立大学の教授になっている学生時代の友人だった。それは何気ない酒の席での話題だった。学生時代に読んだレヴィ＝ストロース[3]に被れて、未開の民族文化に興味を抱き、青臭い文明論を吐いていた時期もあったことを、もしかすると友人は覚えていてくれたのかも知れない。とはいえ、木田がこの事業に関わったのはそんな崇高な学問的な興味からではない。このままではいけないという漠然とした焦燥感を抱きつつも、何も自分からは変えられずにいる閉塞感から逃れ出る好機と捉《とら》えたのは確かだが、それより、一時的な酒の酔いと、相手が学友だったという気兼ねのなさが、いつも慎重な木田の箍《たが》を少しばかり緩めてしまったからに違いない。

　彼の友人が理事に名を連ねているＮＧＯということだったので、それなら一度詳細を聞いてみてくれと、うっかり口走ったことから、喜んで協力してくれる物好きな医者がいるという話になってしまった。医者なら現地で働く日本人も大歓迎してくれるだろうとして話がどんどん進んでしまい、途中で木田が躊躇《ためら》いを感じ出したときには、もう抜き差しならぬところまで話が進展していたのだ。

「水は飲んでも大丈夫ですか？」と、吉田の陽に焼けた健康そうな顔を眺めながらおそるおそる尋ねる木田に、

「いやあ、ここは大丈夫ですよ。この港周辺は観光客向けの店ばかりですからね。清潔ですよ。料金も高くて、地元の人間は利用できません。でも、この島は一帯に水は質がいいようで、マニラ辺りとは大違いです。あ、それから、宿舎の水も大丈夫です

［3］　クロード・レヴィ＝ストロース（一九〇八〜二〇〇九）　フランスの人類学者・哲学者。ブラジル奥地の先住民社会の体系・神話などの分析から普遍的な社会構造を明らかにし、後の構造主義と呼ばれる哲学の礎を築いた。主著に「悲しき熱帯」「野生の思考」など。

よ。水道水を更に二回濾過《ろか》しているんです。まあ、それでも下痢になる奴はいますがね、はっはっは」と、吉田は屈託がない。そう言われて、未だ水分を摂るのを躊躇っているとみられるのも嫌だったし、何より、灼熱の中マニラを発ってから数時間殆ど何も口にしていなかったのだから、本当はカレーよりも飲み物の方が欲しかったのだ。

「じゃあ、私もビールを」と言うと、吉田は微笑んで現地のタガログ語でビールを追加注文してくれた。昼過ぎの強い陽の光に輝く海の青さと港内のヨットの群れを眺めながら飲む冷えたビールは、火照った身体に染み渡るようであった。旨そうにジョッキを傾ける木田の横顔に微笑みながら、吉田はもう二杯目のビールを飲んでいた。

「さて、じゃあそろそろ行きましょうか」

支払いを済ませると、吉田はスマートフォンを取り出して、誰かに連絡を取りながら席を立った。外へ出ると、強い陽射しが目に入って、いきなり全身から汗が噴き出してきた。今飲んだビールがたちまち汗になって蒸発していくようだ。「スーベニーア、スーベニーア」[4]と日焼けした小太りの男たちが声を掛けてくるのに構わず、彼は先ほどからずっと誰かとスマフォで話している。

港に沿った道のはずれにある、逆U字型のパイプ製車止めのあるところまでやって来ると、そこにはオートバイに屋根付きのサイドカーを取り付けたトライシクルが多数屯《たむろ》していて、さかんに「トライシクル、トライシクル」と連呼して客を奪い合っている。中にはいきなり木田の重いスーツケースを奪い取って、自分のトライシクルに乗せようとする者までいる。何か言ってくれるのだろうと期待して吉田に目を向けても、彼は木田の様子にはまるで無頓着で、ひたすらスマフォと交信している。やがて、「もうそこに来ているそうですよ」、と言うなりさっさと道を渡ってしまった。木

[4] Souvenir　土産、記念品

田もスーツケースを奪い返すと慌てて彼の後を追った。気づくと道の向こう側に、いつの間にか旧式のトヨタのミニバンが停車していて、浅黒い顔の運転手と話しながら、吉田が木田を待っていた。

吉田から紹介された運転手の名前はトニーといった。黒いふちの眼鏡をかけた、やや大柄で誠実そうな男だった。

「じゃあ、荷物は後ろに積んで」と言いながらハッチバックの扉を跳ね上げた吉田は、木田のスーツケースを荷台に放り込んだ。「随分重いですね」と今更気づいたように言って、彼は手のひらに付いた埃を払うと、後部シートに木田を押し込んだ。吉田が助手席に乗り込むと、クルマは周囲にまとわりつくように走るトライシクルやバイクを振り切って、猛スピードで走り出した。

行く先についての興味と不安から、緊張で身体をこわばらせているのが自覚できたが、一〇分二〇分と時間が経つうちにはやがて緊張が緩んできた。それとともに長旅の疲れも出て、ついウトウトとし始めたとたん、クルマは突然左へハンドルを切ると、急な坂道を大きなエンジン音をたてて上り始めた。先ほどまで現地の言葉で話に興じていた吉田とトニーも、いつの間にか押し黙ったままだ。やがて、クルマは白いペンキを塗られた瀟洒《しょうしゃ》な二階建ての家の前で停車した。現地の人々からＪハウスの名で呼ばれているというその家は、決して大きくはないが、この島の中ではひときわ清潔な建物に見える。

「さあ、着きましたよ。ここが我々の宿舎です」という吉田の声に促されて、木田は分厚い木製の玄関扉の前で降りた。

建物は北側に海を臨む景色のいい傾斜地を利用して建てられていた。眼下の海からは強い風が森を駆け上ってきて、周囲のココヤシの大きな葉を絶え間なく揺らし続けていた。日本式に玄関で靴を脱いで上がった建物の中は手入れが行き届き、日本で予想していたより遥かに清潔で綺麗だった。玄関から廊下が直線的に奥へ伸びていて、左手に個室と洗面室が並んでいる。右手は食堂で、その奥が台所。更に奥にも部屋があるようだ。食堂の隅にソファーが設《しつら》えられて、寛《くつろ》げる談話コーナーになっている。その脇から二階に上がる階段があって、二階には広いリビングルームの他、個室が並んでいるが、殆どが倉庫代わりに使われているらしい。二階のリビングルームの前からは屋上へ上がる外階段へ通じる扉がある。

吉田の案内でハウスの中を一通り見せてもらって、改めて階下へ戻った。スタッフは全員が外出中とかで、各部屋の扉を開けてみることはできなかったが、おおよその様子を把握してから、自分に割り当てられた一階の奥の個室へ荷物を運び込んだ。この間中ずっと、賄い担当の現地の娘が一人、所在なげに台所でじっとラジオを聴いていた。

食堂脇のソファーにもたれ込んでパソコンを弄《いじ》っている吉田の前に戻って、「インターネットは繋がるんですか」と尋ねる。おもむろに顔を上げた彼は「ええ。でもあまり良好とはいえませんけどね。動画はまあ無理と思っていた方がいいですよ」と答えて、どうぞ、と手で向かいのソファーに座るように促す。

「コーヒーでも飲みましょうか。マリア、コーヒー！」と彼は台所の奥に声を掛けた。マリアと呼ばれたさっきの小柄な娘は無言で立ち上がって、なみなみとコーヒーを注いだ大きなマグカップを二つ彼らのところへ運んできた。

「サンキュー。ナイス、ツー、ミーツユー」と木田が彼女に日本訛の簡単な英語で挨拶すると、はにかんだように笑ってそのまま行ってしまった。彼女は最初に思ったより大分若そうである。

「彼女は未だ一六歳ですよ」

木田の気持ちを読み取ったかのように吉田が応えてくれた。「いつも教育してるんですがね。未だ、きちんと挨拶もできないんです。もっとも、彼女はここへ来てから

「思ったより、あ、いや、こう言っては何ですが、フィリピンの山奥と聞いていたので……予想以上に清潔で綺麗なので驚きました」

と言う木田の言葉に、彼はにやっと笑うと、

「ここですか？　綺麗にしておかないと、なかなか日本人は来てくれないんです。それに、山といってもこの辺りは未だ山の入口で、周囲には西洋人の別荘も沢山あるんですよ。不便なんですがね。奴らはこういうところが好きらしい。小金を貯めて早めに仕事をリタイアした連中が、現地の女と住んでる家が沢山ありますよ。ドクターもどうですか。こんなところでのんびり暮らすというのは。長生きできますよ、ははは」

と、吉田はさっきのビールに自分のアジトに戻った気安さも手伝ってか、すっかりリラックスした様子でソファーに深々と座り直した。

「考えてみましょう」

そう答えて、木田はマグカップに手を伸ばした。コーヒーは甘くてあまりコーヒーの香りはなかったが、それでもその甘さが長旅に疲れた身体には意外なほどに美味しく感じられ、嬉しかった。

「うわー、甘い。甘過ぎませんか、このコーヒー」と、一口飲んで吉田は顔をしかめ、何やら現地の言葉でマリアに苦情を言った。

向き直った吉田は、今度は真顔で木田に語りかけた。

「もうすぐ、みんなが帰って来たらご紹介しますが、現在ここに滞在しているスタッフはドクターと私を含めて七人です。そのうちここに宿泊してる日本人は五人だけです。炊事と掃除、洗濯をしてくれるあのマリアの他に、通訳を兼ねた現地のスタッフが毎日何人か通いで来ています。ドクターには専属の助手を付けるようにしましたから、彼女に何でも必要なことを言いつけて下さい」

「言葉は通じるのですか」

「みんな英語が話せますよ。ドクターは英会話の勉強も希望していると伺ってますが、助手のウェンディは大学で看護系の勉強をしていた娘で、綺麗な英語を話しますから、彼女から教えてもらえますよ。仕事がない日は一日中彼女と話すことも可能です。じゃあ、私はちょっとやらなければいけないことがあるので」

と言うとやおら立ち上がり、吉田はキッチンの陰になった奥の部屋に入って行ってしまった。

ソファーに残された木田は所在なく首を回して辺りを眺めやると、キッチンの奥の椅子に座ってマリアが鼻歌を歌いながらこちらの様子を窺《うかが》っているのが分かった。何か言葉を掛けるべきなのだろうとは思ったが、何を話したらいいのか思いつかなかった。自分の英語力にも自信がなかったので、そのまま気づかぬ振りをして、傍らの小さな書架から日本語の表題が書かれた本を手に取ってみた。『フィリピンの民族と文化』、『フィリピンの歴史』に並んで、『日本脱出。海外永住を考える』という本が並んでいたりする。手に取ってパラパラとページをめくってはみたが読む気にもなれず、そのまま本を書架へ戻すと、自分の荷物が未だ未整理だったことを思い出して立ち上がり、奥の自室へと向かった。興味深げに大きな瞳を木田に向けているマリアには手を挙げて挨拶すると、彼女は無言でにっこりと微笑んでくれた。

荷物といっても、着替えと洗面用具、それに害虫対策用に準備してきた害虫忌避剤、個人用の常備薬程度なので整頓するのに時間はかからない。医療援助に必要な物品は全て現地で用意されていると聞いている。部屋にはシャワー室が備えられ、ベッドと小さな机、衣装用整理棚、扇風機が用意されてあった。東と北に窓があり、北の窓からは深い緑の谷の向こうに藍色の海を僅かに望むことができた。六時の夕食までは未だ時間があったので、着替えもせずベッドに身を横たえていると、いつの間にかうたた寝してしまったらしい。

「へえ、フィリピンね。いいかも知れないよ。最近、父さん元気がないし。少し老け込んだみたいだったから、おれも心配だったんだよ。まあ、そうして新しいことに挑戦してみようという気になっただけでも良かった。おれは賛成だね」

妻の三周忌の法要の後で、久しぶりに顔を見せた子供たちに、今度NGO活動を手伝いにしばらくフィリピンに行こうと思っていると告げたとき、息子の健一は、喪服のネクタイを首から外しながら即座に賛意を示した。

「でも、よりによってフィリピンなんて。大丈夫なの？　それでなくても直ぐお腹を壊すくせに」と、既に一児の母になっている娘の陽子は三人の湯飲みにお茶を注ぎながら懸念を示した。子供の頃から病弱だったことこそが医者になった動機でもあることを、木田や祖父母から何度となく聞かされて育った陽子はよく知っていた。

「大丈夫だろ、自分が医者なんだからさ」と、学生時代からインドや中近東の国々を放浪して歩き、しばしば親を心配させながら育った健一は全く意に介さなかった。「今のままじゃどんどん萎れていくばかりだよ」

「そうねえ、確かに、お父さんには未だ未だ元気でいてもらわないと、私たちも困るわね」

陽子も強くは反対しなかった。そんな子供たちの会話を、木田は湯飲み茶碗を口に運びながら、黙って聞いていた。


激しいベルの音にはっとして我に返った。食事の合図に鳴らされると聞いていた音であることは直ぐに分かった。食堂へ行くと、吉田の他、いつの間にか帰って来ていた見知らぬ日本人らしい男女が三人、既に食卓に着いていた。

さっそく吉田がみんなに木田を紹介し、その後で彼らの一人ひとりを簡単に紹介してくれた。少し顔色の悪い阿部という男は、いかにも生真面目そうで口数が少なく、朴訥な青年で、もう一年もここで働いているということだった。背が高く顔の彫りの深い新庄という男と、加藤美幸という三〇歳代後半に見える痩せた女は、この週末一緒に海辺のリゾート地へ行っていたらしい。彼らが日中不在だったのは、週末を待ちかねたように、みな街や海辺のバカンスに出かけていたためだった。日頃街から隔絶された山中で生活し、山深いマンギャン族の部落へ行き来する毎日を送っている彼らにとって、週末に街へ下りてディスコやビリヤードに興じたり、時には海辺でマリーンスポーツに興じることは最大の息抜きなのだ。

その夜、食卓に用意されていたのは予想以上に粗末な食事だった。小さな骨にこびりついた固い肉片を前歯で削ぎ落とすようにして食べ、匂いの強い炒めた飯と、具のない薄味のスープを少し口にすると、疲れのせいかもうそれ以上食べられなかった。粗末な食事を摂りながら彼らの語る週末のアバンチュールを聞くうちに、彼らがいかに週末が来るのを待ち望んでいるか、そして街で好きな食事をすること、小さなホテルのバーに入ることを、何物にも代え難い楽しみにしていることを知った。

食後に自分の部屋へ戻って、パソコンを弄っているとドアにノックがあり、少し浮腫んだように見える阿部青年がおずおずと入ってきた。

「ちょっと、ドクターにご相談があるのですが」と彼は口ごもりながら遠慮がちに言った。

「どうしました。あ、まあ、そこへどうぞ」と、木田は部屋に置かれていた椅子の一つを彼に勧めた。

「お会いしたばかりで申し訳ないのですが」

「どうしましたか」

「じつは、この一月《ひとつき》くらい、ずっと下痢なんです。街で買った薬を飲んだりしたのですが、なかなか治らなくて。食欲もないし……」

「熱は？」

「ありません」

「お腹は痛みますか？」

「いえ、あまり痛くは……」

「一日に何回くらい下痢しますか？」

「そう、七、八回かな」

「便に形はありますか？　それとも水のような便ですか？」

「ええ、そう、水みたいなんです」

「下痢が始まったのは、何かきっかけがありますか？」

「その前に風邪をひいて、大分長引いたのですが、その後から下痢が始まって……」

「便の色は？」

「色？　ううーん、普通かなあ」

「血が混じったりしてませんか？」

「それはないと思います」

「じゃあ、お腹を診てみましょうか。そこへ寝てみて下さい」とベットを顎で示すと、彼は素直にベッドに仰向きに寝て
「これでいいですか」とシャツをまくり上げた。木田はトランクに残っていた聴診器を探し出し、型通り診察したが、話を聞き始めたときから重症でないことは分かっていた。

「大丈夫ですよ、直ぐに良くなりますから」

木田の言葉を聞いて彼は明らかに安堵の表情を見せた。木田から見れば大した症状とも思えないが、彼としては長く続く下痢に相当不安だったようだ。これなら、NGOで用意された医療用薬品セットをわざわざ開封するまでもなく、自分の手持ちの救急薬品で充分である。

「とりあえずこれを飲んでみて下さい。ダメならもっと強めのもありますから。数日飲んでみて未だ良くならなかったらまた教えて下さい」

「あ、有難うございます。助かります。じゃあ、しばらく飲んでみます」
木田から数日分の止痢剤《しり》を受け取って、彼は部屋を出て行った。

夜になると木田には何もすることがなかった。明日は当地のキリスト教系の慈善団体と合同でマンギャン族の教育設備に関する調査に出かけるというが、ドクターは来たばかりでお疲れでしょうから、明日は残ってゆっくり休んで下さい、と言われていた。朝にはウェンディという娘が来ますから彼女と英語のレッスンでもしていて下さい、ということだった。

特別することもないので、シャワーでも浴びようかと思ったのだが、栓を一杯に回してもお湯はたらたらとしか出なかった。それでも、こうしてお湯のシャワーが浴びられるのは贅沢と思わなければならない。ショボショボとしたたるように落ちて来る温《ぬる》い湯で、身体に塗り付けた石けんを洗い落とし、早々にベッドに入ることにした。

ベッドには布団も毛布もなかった。マットの上に大きめのシーツが直に敷かれているに過ぎない。どうやらこのシーツに包まるようにして寝るものらしい。それでも疲れていたせいか、ほどなく意識は遠のき、深い眠りに落ちるのに時間はかからなかった。

2

フィリピン娘ウェンディ

翌朝は時計に起こされるまでもなく、六時には目覚めた。樹々を渡る風の音と、やかましいほどの小鳥のさえずりに我に返ると、ガラス窓が白々と明るんでいた。山の上で、海から吹き渡る強い風もあってか、赤道近くにいるにもかかわらず、思ったより涼しく、湿気も少ない。

何より、この強い風のお蔭なのだろう、蚊の少ないことが彼には嬉しかった。来比前に調べた厚労省のホームページでは、デング熱[5]が流行しているので注意するようにとあり、もともと蚊に刺され易い彼は、ドラッグストアーを巡って季節外れの大量の忌避剤や蚊取り線香を準備してきたのだが、少なくともこのハウス周辺では殆ど必要がないようなのだ。それでも、早朝外へ出てハウスの周囲を散策するときには、初めこそむき出しの手足や顔にたっぷりと忌避剤を塗り付けてから外へ出たものだが、数日もするとそれさえしなくなってしまった。

食堂で粗末な朝食を済ませ、部屋に戻ったとき、扉をノックして吉田が入ってきた。彼の後ろに隠れるようにして立っている小柄な若い娘がいたが、木田には紹介されるまでもなく彼女が例のウェンディだと分かった。

当初はおずおずとして、探るような眼をして木田を見つめていたウェンディは、吉田が出て行って二人だけになると、たちまち快活で話し好きな陽気なフィリピン娘になった。木田が簡単に自己紹介と挨拶を済ませた後で、彼女について尋ねると、明け

〔5〕 蚊によって媒介されるウイルス性感染症。高熱、発疹、頭痛、関節痛、消化器症状をともない、通常は一週間程度の経過で回復するが、一部では重症化し、死に至る例もある。

透けに何でも話してくれた。彼女は十人兄弟姉妹の八番目で、両親とともに十二人の家族で暮らしているのだという。父親は農業、母親はパートの教員をしているそうだが、生活は決して楽ではないらしい。家にはエアコンはおろか冷蔵庫もなく、電気製品と呼べるものは洗濯機くらいで、電気釜は壊れ、最近テレビまで故障して困っていることまで、笑顔で語ってくれた。彼女自身は現在看護系の大学を休学中で、このＮＧＯの仕事を手伝いながら、やがては大学に戻るための学費を貯めているのだそうだ。日本語は片言しか分からなかったが、それでも日本にとても興味を抱いていて、いずれは是非日本に行ってみたいと言っていた。彼女は流暢《りゅうちょう》な英語を話した。早過ぎて木田の理解力が追いつかないと見ると、反応を見ながらゆっくりと何度も繰り返して話してくれたし、木田の拙い英語に辛抱強く耳を傾け、間違った英語を丁寧に修正してくれた。聞けば、このＮＧＯに雇われるまでは、子供たちに英語を教えていた時期もあったらしい。

木田は、直ぐに彼女に打ち解けて、この島の様子も、そして少数民族への比政府の取り組みへの批判も、彼らが置かれている悲惨な状況も、あらましを彼女の口から聞くことができた。ただ、NGOの活動の全体像や詳しい実態については、彼女もよく分かっていないらしい。分かっていることは、Jハウスにいる NGOの正規の職員は吉田だけで、あとの日本人はみなボランティアということだった。現地のスタッフと思しき人たちは、不定期で雇用された臨時職員に過ぎないようだ。だから吉田はマニラのNGO事務室にも頻繁に行き来して、ここには不在がちなのだという。

もともと少数民族の過酷な生活実態に対する憐憫《れんびん》や共感といった崇高な目的意識を持って参加したわけではない彼には、やや後ろめたさを感じながらも、政治的な背景を含む民族問題や、よく実態の分からないところのあるNGO自体の問題にはあまり関心が持てなかった。むしろこうして親しく話を交わしていくうち、彼女の祖父から聞いた話としてウェンディが時折語ってくれる、この土地の昔話や伝承の類いに、木田は次第に強く心を引かれていった。

グループのみんなが出かけた後に残された彼は、ウェンディと連れ立って、ハウスの前の山道を更に山頂に向かって散歩がてら上ってみた。道の両側には深い森が広がっていた。

「ほら、あれはバナナの樹ですよ」とウェンディが森の中の樹を指差して教えてくれた。

「ココナッツは分かりますよね。あれはパパイヤ。未だ実が小さいですが、ちゃんとなってるのが見えるでしょ？」

「へえ、これならフルーツを店で買う必要はないね」

「そう、みんな山で採れますよ。あれ、分かりますか？」

彼女の指し示す先には、枯れたように殺風景な木の枝の先に、松ぼっくりのような茶色の実が幾つもぶら下がっていた。

「あれは綿の木です」

「え、綿？　綿が木になるの？」

綿といえば、畑の綿花しか想像できなかった木田が驚くと、彼女は
「ええ、そうです」と答えてにっこりと微笑んだ。

「ちょっと待って下さい」と歩みを止めるなり彼女は足許で何やら探していたが、小さな崩れかかった殻を見つけると
「ほら、これがあの実ですよ」と拾い上げて木田に示した。見ると小さな殻の中に、確かに白い綿のような繊維がこびりついていた。そのつもりでよく見ると、小さな殻はそこここに落ちていて、殻から綿の塊がはみ出しているものも見られた。

「私たちはこの綿を使って枕やクッションを作ったものです」

「今でも、作るの？」

真顔で尋ねる木田の真剣さが可笑しかったとみえて、ウェンディは声を立てて笑った。

「私の子供の頃の話ですよ。今はもう誰も作らないでしょう」

そう答えたときの彼女は可愛らしく、未だあどけない二十歳《はたち》の娘の笑顔だった。

道の両側には朽ちかけた板と木の葉で編んだ粗末な小屋が散見されるが、その中にあって、突如場違いなレンガ造りの豪華な西洋建築が忽然《こつぜん》と姿を現す。資産を蓄えて現役を退職した西洋人が、この辺りに別荘を建築して住んでいるらしい。人件費と生活費の安い、温暖なこの地で、現地の若い女性を使用人に雇って、何もせずにのんびりと余生を送っている西洋人が少なくないのだと聞いた。豪奢な西洋風別荘と、その近くの粗末な掘建て小屋が数件集まった現地の人たちの小集落とは、実に奇妙な対比を見せている。

しばらく坂を上って行くとやがて左手に大きな電波塔が見え、この電波塔を反政府ゲリラ組織の破壊から守護する兵士が詰めているという小さな小屋が現れた。ウェンディに付いてここで道を左へ逸《そ》れると、突然目の前に広く開けた草地が出現した。

そこは一面が公園のような芝地になっていて、中央には丸太を組み合わせた東屋《あずまや》が置かれていた。北に向かって下った斜面からは、鬱蒼《うっそう》とした森を越えて青々と広がる海が望め、更にその向こうに幾つもの島影が重なって見えた。ウェンディが好きだというこの場所は確かに素晴らしい眺めだった。強い陽射しを避けて彼らは東屋に腰を下ろした。海から吹き上げる強い風が火照った肌に心地よかった。

草原はしっかり草が刈り込まれているところをみると、誰かに管理されているのだろうが、何のために誰が管理しているのだろう。これだけの風景だ。日本ならきっと大勢の観光客が押し寄せる観光スポットになるのだろうが、ここには彼らの他に人影はなく、売店もない。

彼らは東屋の木製の長椅子に並んで腰掛け、坂の途中の小さな集落で購入してきたコーラを飲んだ。コーラは生温かかったが、汗の吹き出た身体に染み渡るようで、旨かった。ウェンディと丘の上からジャングルのような森と陽に輝く海を見下ろしていると、つい数日前には満員電車に揺られて喧噪の日本で生活していたことが、随分遠いことのように思えてくる。こうしていると南国の楽園に来ているようだ。吹き渡る風に身を任せたまま、いつまでもぼんやりと美しい風景を眺めていたかったが、ウェンディの帰宅時間もある。しかし、ここまでなら彼一人でもいつでも来られるだろう。ウェンディを促し、二人は草原を後にしてハウスへ戻った。

夕食後、吉田と明日のスケジュールの打ち合わせがあったが、打ち合わせといっても、木田はただ彼らに付いて行って、言われた通りのことをすればいいらしい。その後になって少しずつ呑み込めてきたことではあるが、むしろ、事情もよく分からぬ者に、あれこれ引っ掻き回されることは、彼らにとっても望むところではないのだ。彼らにとっては、日本から医者を連れて来たという事実こそが大切であるが、あくまで活動の主体は彼らであり、ここまで誠意を持って活動しているという既成事実作りのシンボルとして彼を利用したかったのかも知れない。

しかし、はなからＮＧＯ活動に興味があったわけではない木田にとっては、そんなことはどうでもいいことだ。積極的に提案したり行動したりする必要がないのは、彼にも好都合だった。

3

NGOカラバオ・精霊伝説

翌朝、四輪駆動のSUVとトライシクルに分乗して、彼らは山間のマンギャン族の部落へと向かった。島の海沿いの起伏に富んだ道をけたたましくエンジン音を唸らせながら上り下りして、僅《わず》かな民家が街道沿いに並んだ小集落へ到着した。一軒だけの薄汚れたサリサリストアー（小商店）を中心に、粗末な掘建て小屋が並んでいるだけの集落だった。ここから街道をそれ、未舗装の細い赤土の道を山奥へ向かって上って行かなければならない。向かう集落の名前は昨夜聞いていたが、覚えられなかった。

街道からそれると、しばらくは両側に長閑《のどか》な水田が広がっていた。木田は、日本の田園風景に似ていると思った。子供の頃、母親の実家があった新潟で見た田園の風景と、稲穂のそよぐあぜ道を走り回った懐かしい記憶が、心に蘇ってきた。しかし、ここではトラクターや耕耘機《こううんき》は一切見かけない。その代わりに、水田のあちらこちらにカラバオと呼ばれる水牛が佇んでいる。沖縄あたりにいる水牛と違って、水の中に潜っているわけではないので水牛と呼んでいいのかどうかは分からない。この辺りでは、田畑の耕作や作物の運搬に、このカラバオを利用しているのだ。やがて道が狭くなりだすと勾配も次第にきつくなる。時として古いトライシクルはエンジン音をむなしく轟かせるばかりで勾配を上れなくなり、乗員は運転手を残していっせいに降り、徒歩で上らなければならない場面もあった。がたがたの山道へ入ってから一時間ほども走っただろうか。一軒の半ば朽ちかけたような古い小屋の前に辿り着いた。

小屋の脇の僅かなスペースに四輪駆動車と二台のトライシクルを乗り捨て、そこからは徒歩になった。小屋の先には広い川が流れ、向こう岸まで細い吊り橋が架かっていた。

「向こう岸はもうマンギャン族の世界なんですよ」と、例の阿部青年が木田に耳打ちした。彼は木田から貰った止痢剤を飲んでから下痢も止まりすっかり回復したと、朝食の際に明るい顔で木田に礼を言った。

「それまで、いろいろな薬を買って飲んでみたし、ＮＧＯの現地の医者から貰った薬も試してみたんですが全然効かなかったんです。やっぱり、日本の薬はすごいですね」

とすっかり感心していた。使用した薬は特別のものでもなく、そう感激されるとくすぐったいような気分になる。一体現地の医者はどんな薬を彼に処方したのだろうか。それ以来、彼は不慣れな木田に気を遣ってくれて、木田にとっては何かとよき相談相手になった。

錆びたワイヤーと腐りかけた板を継ぎ合わせて川に渡された吊り橋は、人がすれ違えないほどの幅で、木田は汗ばんだ手でしっかりとワイヤーを掴《つか》みながら怯えた足取りで渡っていった。対岸に渡ると直ぐ、そこは集落になっていたが、それらの一軒一軒は今まで見てきた小屋より更に一層小さくてみすぼらしく、中には崩れかけたような小屋さえ見受けられた。

吊り橋から続く小さな広場で遊んでいた裸足の子供たちが、歓声を上げながらいっせいにこちらに向かって走ってきた。吉田と並んで先頭を歩いていた加藤美幸は、抱えていた段ボール箱から小さくパック詰めにされたスナック菓子を取り出すと、群がる子供たちに手渡し始めた。この様子をトニーがカメラに逐一記録している。なるほど、現地へ行く度に、こうして先ず子供たちを手なずけることから始めるのが常套手段らしい。加藤と阿部とが子供たちを相手にしている間に、吉田は他の現地スタッフとともに集落の代表者らしい数名の年長者と話し込んでいる。

やがて吉田から「ドクター、こっちです」と合図があり、木田は彼らの後に従って、そのまま集落の奥へと進んだ。直ぐに小さな花壇を前景にピンク色のペンキで塗られた未だ新しい平屋の建物が現れた。窓からは同じような椅子と机が並んでいる様子が窺え、明らかに学校であることが分かる。貧相で埃っぽいこの集落に、派手なピンクの木造校舎はいかにも不釣り合いで異様にさえ見える。これも後で知ったことだが、校舎は少数民族への外国からの援助金で建てられたものだった。

休日の学校の教室を利用して、トニー、ウェンディと他のスタッフとが手際よく机と椅子を寄せて即席の舞台が設えられると、現地人のスタッフが担いできた重い段ボール箱が二つ並べられ、吉田から集落の代表者への援助品贈呈式が執り行われた。式とはいっても、援助品のノートや鉛筆、クレヨンなどの文具品が詰まった段ボール箱を前に、吉田と集落の代表者が握手している写真を何枚か撮っただけである。

次いで教室の隅に簡単な診察コーナーが確保された。ウェンディに促されて木田は小さな椅子に腰掛けて子供たちが前に並ぶのを待つ。周囲では子供たちばかりではなく、物珍しげに集まって来たマンギャン族の人々の嬌声が満ちて、とても聴診する環境ではないが、それでも促されるままに木田は次々彼らの助骨の浮き出た薄い胸に聴診器を当てていく。隣ではウェンディが木田には皆目分からない現地の言葉で盛んに彼らに語り続け、というより木田には叱りつけながらのように聞こえたが、二日前に現地の担当者に接種されたツベルクリン痕の発赤班をメジャー片手に測定していく。それを現地人のスタッフがノートに記録していく。トニーは相変わらず、カメラのシャッターを切り続けている。日本では核酸増幅法[6]だのγインターフェロン測定[7]だのと、採痰、採血で簡単に結核の診断をつける方法が広まって、最近では病院でツベルクリン検査を見かける機会はなくなったが、健康診断のスクリーニングとしては未だ未だ有効だし、木田にとっては久しぶりに懐かしい旧友に遭遇したような気分だった。

マンギャン族には結核患者が多く、充分な医療も受けられないまま亡くなっていく

[6] 喀痰などの検体を用いて、結核菌に特有な遺伝子配列を増幅させることによって迅速に診断する方法。感度、特異度が極めて高い。

[7] 採血した血液に、二種類または三種類の結核菌特異抗原を暴露させ、リンパ球から誘導されるγインターフェロンを測定し、感染の有無を調べる方法。

老人や子供が少なくないのだと、ここへの道々、唸りをあげる四輪駆動車のエンジン音に負けない大声で、吉田が木田に説明してくれた。とてもレントゲン撮影まではできないが、せめてもとNGOで集めた結核診断用のツベルクリン試薬を現地の大学、行政機関に寄付して、合同で一部の地域で実験的に子供たちに接種する研究事業を始めたのだそうだ。それでも、今回ツベルクリンの判定を受けていたのは集落の子供たち全員ではなかったように見える。一体どういう基準で接種対象者を選別しているのか。そもそもこの合同研究とやらの研究デザインとはどのようなものなのだろうか。木田には疑問だらけだが、もともとこの活動自体に興味があるわけではないし、あまり深く考えない方が良さそうだと、無理やり自分を納得させてしまった。

一通りの仕事が済むと、時刻は既に昼を大きく回っていた。彼らは教室の隅に机と椅子を並べ直し、持参したパンと缶詰、バナナの昼食を摂るともう急いで帰り支度を始めなければならなかった。元来た道を戻って夕方までにはJハウスへ帰らなくてはならない。同じ道を帰るということは、来るときにかかった四時間余の行程を覚悟しなければならないわけだ。

この島は想像以上に広く、プエルトガレラにほど近いJハウスを拠点にしても、島の山奥のマンギャン族の村々を訪ねるのは思った以上に大変だ。早朝に出かけても、往復の行程に多くの時間を費やし、現地での活動はほんの一、二時間で済ませなければならないことも多くある。吉田や手慣れた人たちは現地の担当者とキャンプ用具を携帯して泊まり込みで出向くこともあるらしいが、不慣れで見るからに華奢《きゃしゃ》な身体《からだ》つきの木田のような者が同行しては足手まといになることは分かり切っている。だから、そんな場合は木田は一人Jハウスで留守番を任されることになる。しかもその際にはウェンディが世話係に残ってくれるのだから、NGOカウバオとしては、木田の存在が反《かえ》って重荷に感じられることもあるに違いない。どう考えても、友人の大学教授が言うように、大歓迎で迎えてくれたとは思えず、裏では彼の強力な要請があったことは想像に難くない。

ウェンディと残された日には、人々が単にタウンと呼ぶプエルトガレラの街へ連れ立って出て、公設マーケットで買い物をしたり、ムエレと呼ばれる船着き場近くのこ綺麗なレストランで食事をしたりして一日を過ごした。そんな場合にも彼らは携帯用のパソコンを持ち歩き、ヨットの浮かぶ港に沿ったレストランで、インターネットを利用しながら会話を楽しんだ。

始めのうちはゆっくり話す彼女の話題につい引きずられて、今頃は日本では桜が咲き一番好い季節なのだと、季節のない街に生まれ育ったウェンディに、日本の四季やそれにまつわる思い出を得意になって語り聞かせた。しかし、NGOの仕事に関わるうち日本への興味を募らせるようになった彼女が次第に早口に自分の思いを語り出すと、相変わらず木田には彼女の英語が聴き取れなくなってしまう。その都度、彼女は思い直してゆっくりと、分かり易い単語を駆使して語り直してくれた。

中でも彼女が自分の祖父から聞いた本当の話だとして語ってくれた思い出話や、やはり実話として彼女が語ってくれた不思議な逸話の数々は木田の興味を引いた。

早朝暗いうちに起きて畑に出かけていたウェンディのお爺さんが、あるとき森の外れにある川のほとりで、叢林《そうりん》の中に何か光るものを見つけた。何だろうと近寄ってみると光る小人が川縁で遊んでいた、というのだ。小人はお爺さんの気配に気づくとたちまち草むらに身を隠し、いくら探してももう見つからなかった。そんな経験が何度もあったそうで、光る小人は、樹の精か水の精に違いないと信じられている。しかし、開発が進んで彼女の家の周囲にも人々の小屋が多く建てられるようになると、いつしか光る小人を見かけることもなくなったという。お爺さんは何度もこれは本当に自分が見た話なのだとウェンディに念を押したそうで、ウェンディ自身もすっかりこの話を信じきっている。木田は、光る小人と聞いて思わず日本の竹取物語を思い浮かべたが、まさかこれらの話のルーツに何か共通性があるとは思えない。

この島では、至る所で樹に宿る精霊や、水の精霊の話を耳にする。こうした精霊を彼らはディワータと呼んでいる。

ある学校の校庭で大掃除をしていたとき、掃除に参加していた一人の男の子が突然痙攣《けいれん》を起こして昏倒《こんとう》した。医師を呼んで大騒ぎになったが原因は分からず治療法もない。ただ途方に暮れるばかりで、やむなく祈祷師を呼んで伺いを立てたところ、その男の子が知らぬ間に森の中で精霊を踏みつけてしまい、大怪我を負わせた祟りだと分かった。怪我を負わされた精霊が仕返しの機会を窺っていたのだが、校庭には犬や鶏が放し飼いにされていて生徒に近づくことができなかった。ところが当日の大掃除のときにそれらの動物が一旦追い払われた。その隙に、森の精霊がやって来て祟ったのだという。祈祷師の祈祷によりたちまち生徒の病は癒え、気づいた彼に尋ねると、確かに最近森の中で何かを踏みつぶした記憶がある、と答えたのだそうだ。この話は、地元のテレビでも放映された有名な話だそうだ。事実、後になってこの話をトニーに確認したところ、確かに自分もその話を聞いたことがあると言っていたから、少なくともこの島では有名な話であるに違いない。勿論、今時こんな話をそのまま信じる日本人は皆無だろうが、彼らと自然との密接な関わりを窺わせる証左として、木田には極めて興味深く思われた。

祈祷師といえば、こんな話もあった。二人の少女と交際している青年がいた。彼が、出稼ぎだか留学だか忘れたが、しばらく故郷を留守にしていた後で戻ってから、直ぐ一方の少女を尋ねた。ところが、尋ねてもらえなかった他方の少女がこれに嫉妬して祈祷師に頼み、彼に呪いをかけたのだ。呪われた青年はたちまち原因不明の重い病に陥った。近代的な大病院に入院したが原因は分からず、治療も無効で、ついにひん死の状態に陥った。やむなく家人が祈祷師に診せると、呪いが原因と知れた。祈祷師の言う通りに青年の身体から呪いに使われた針金や針が摘出され、それとともに病気も治癒したというのだ。この話を、紛《まが》いなりにも大学で近代的な看護教育を受けているウェンディが、真顔で木田に語るのである。

4

ピースビーチで

日々、好天が続いた。時には夜半に大粒の雨がいきなりやって来て、強い風に煽られて窓ガラスを叩く音に、驚いて目を覚ますこともあった。しかし朝には大抵止んでしまって、日中は強烈な陽射しがココヤシの分厚い葉影から否応なく照りつけてくる。それでも夜になると日中の熱は一日中吹き渡る海風に払われて、冷房がなくても過ごせるほどに涼しくなる。

週末の夜、木田は阿部青年と、西洋人が多く集まるというピースビーチへ出かけてみた。陽が落ちると街灯のない山道は真っ暗になった。彼らはスマートフォンの灯りを頼りに山道を下って行った。覚束ない足元に、怖々と歩を運ぶ木田と違って、阿部は慣れたもので、日中と同じような足取りで気楽に歩いて行く。緊張しながら探るように歩を進める木田が、このまま闇が異界まで続くかと思えて不安になり始めた頃、ようやく木の間越しに海岸の灯がちらちら見えだした。

島の外周道路まで出たところで立っていると、ほどなく通りかかったトライシクルから何処へ行くのかと声が掛かった。ピースビーチへ、と伝えて、既に子連れのフィリピン女性が座を占めているカートを避けて、彼らは運転席の後ろに跨がる。運転席の後ろには相乗り用のタンデムシートが付いてはいるが、勿論本来は独り掛けだ。木田が運転手の背にへばりつくように跨がると、木田の後ろの僅かなスペースに、阿部がサイドカーの幌を支える細い手すりにしがみつくようにして横座りに腰掛けた。狭いサイドカーの中には母子と思われる三人が詰めており、総勢六人が小さな一五〇ccのオートバイにしがみついていることになる。阿部によれば、こんなのはいい方で、サイドカーに更に二名、後ろの荷台や屋根にも人が乗って、総勢一二、三名が群がったまま走っているトライシクルを見たことがあると言っていた。

「よく事故が起きないものだね、それで」と感心しながら言うと、

「いやあ、しょっちゅう事故はあるみたいですよ」と阿部はこともなげに答える。

そうだ、公共交通機関に恵まれない土地では、そうして乗り込まなければ出かけることもままならないし、そうすることで乗る乗客側もドライバー側も生活が成り立つわけだ。そもそもトライシクルに一人で乗るなどという日本的な発想では、交通費が高くなって需要が限られてしまい、ひいては重要な産業であるトライシクル運転手の職業がたち行かなくなってしまう。郷に入れば郷に従えとはよくいったものと、妙に納得してこの危険きわまりない乗り物を楽しむことにした。

日本のカワサキ製のオートバイは、まるで戦闘機の爆音のようなエンジン音をまき散らし、海沿いの道を喘ぎながら走った。ものの一五分もすると、暗い殺風景な商店の前に到着した。着いた当初は、随分寂しいところで降ろされるものだと驚いたが、

よく見ると確かに周囲には薄暗い電灯を点した商店が建ち並び、道路の両側にはおびただしい数の客待ちのトライシクルが待機している。その商店やトライシクルの周りには、背後の薄暗い闇に溶け込んでしまいそうな浅黒い顔をした男や女が大勢屯《たむろ》していた。

到着早々から、トライシクルに乗らないかと声が掛かり、歩く度に道路傍《はた》のくし焼き肉を並べた店からもタガログ語混じりの英語で声が掛かる。これだけの店や人が薄暗い中に溢れている光景は、繁華街といえば明るい光に満ちているものとの先入観のあった木田には異様だった。周囲の光景に気を取られてまごまごしていると、先を行く勝手を知った阿部とつい離れがちになり、慌てて小走りで追いかけた。

周囲の店や人には目もくれずに歩いていた阿部は、後ろの木田を振り返りもせずに、いきなり大通りから海へ向かう脇道に入った。そこは更に暗く、舗装されていない道路はでこぼこで、そこかしこに拳大の石ころが散乱していた。足許に気遣いながら後に付いて行くと、強烈なヘッドライトが近づいて来たと思う間もなく泥だらけのＳＵＶが木田たちの傍らを通り過ぎて行った。

「この店は西洋人が多く来る店で、味も悪くないですよ」と突然阿部の向けた顔の先にはＰＡＳＴＡの文字と絵が描かれた小さな看板が掛かっていた。なるほど、よしず張りの店の中では数組の西洋人たちがテーブルに向かっていた。無心にパソコンのキーボードを叩いている若い女性もいたところを見るとＷｉＦｉも使用可能なのかも知れない。暗く細い道を曲がって、更に鉄の柵を潜って進んで行くと、突然賑やかな浜辺に出た。

さすがにここでは照明が輝き、西洋音楽が流れる渚沿いに多くの飲食店と土産物店が軒を連ねている。浜辺沿いを歩く観光客に店の中から盛んに声が掛かる。

「ここは今からショーが始まりますよ。所謂《いわゆる》ニューハーフって奴のショーですが、ドクター、興味がありますか？」

阿部に言われて思わず店へ振り向くと、店先にいた若い女がニッと笑って手を振って応えた。女と見えたが、あれもニューハーフなのだろうか。

「いや、私はこういうのはあまり……。まあ、今日は飲むだけでいいです」

「じゃあ、そこの店にしましょう」と言いながら阿部は店の奥にいた女に声を掛けて、砂浜へ下りると店先の砂の上に設えられたテーブルに腰を下ろした。先ほどの女がやって来て注文を訊く。サンミゲル[8]のビールと摘《つま》みを少々、阿部は腹が空いているのでと大きなサンドウィッチを注文した。そういえば、この島へ遣《や》ってきてから、ムエレの波止場で吉田と一緒にビールを飲んだとき以外、何処のレストランでもビールといえば必ずサンミゲルの小瓶が供され、これを瓶からラッパ飲みをする。グラスが添えら

［8］ フィリピンで圧倒的なシェアを持つビールブランド。数多くのモンドセレクション受賞歴を誇る世界的にも有名なビールブランド。

れたことはない。

「やあ、今日もお疲れさま」と挨拶を交わして瓶から直接サンミゲルビールを喉に流し込む。潮風が、彼らの陽に焼けうっすらと汗の滲んだ肌に心地よかった。

しばらくして、「ドクターはどうしてここへ来ることになったんですか」と阿部がまるで独り言を呟くように木田に尋ねた。邦人の稀な異国の地で遭遇した二人が、初めて親しく酒を酌み交わす際の、いわば定番の挨拶代わりの台詞《せりふ》として捉《とら》えた木田は、

「そうですね、自分でもよく分からないくらいで、魔が差したというか」と笑いながら曖昧に答えた。そして、酒のツマに出た話にその場の成り行きで乗ってしまっただけだとでもいうように、大学教授の友人とのいきさつを簡単に説明して聞かせた。

「そうですか……ボクはね……」と、阿部はニコリともせず自分のことを語りだした。

「……実はボクは、鬱《うつ》になって仕事を辞めて来たんです」

しまった。あんなに軽く冗談めかして話すべきじゃなかった。木田はたちまち後悔

し、居住まいを正すように彼に相対した。

「自分の興味と職場で求められるものとの乖離《かいり》がだんだん大きくなりましてね。一生懸命にやったつもりでも評価はされないことってよくあるじゃないですか。……効率や秩序って、そんなに大事なんですかね。……ほんとは違うだろうって思っても自分を偽ってやらざるを得ないっていうのが、だんだん嫌になって、それにつれて職場の人間関係が上手くいかなくなってきてしまって……。病院へ行って薬も貰ってたんですが……ダメですね」

それだけ聞けば、小さな会社の産業医を務めたことのある木田には、彼の職場での様子が手に取るようにイメージできた。短い間だが、木田が見てきた彼はいかにも効率とは遠い存在に見えたし、人付き合いも不器用そうに見えた。

「阿部さん、ご家庭は？」

「妻は子供を連れて出て行きました」

「……そうですか」

会って間もない木田が、どこまで私生活について無遠慮に踏み込んでいいものだろうか。ビール瓶をやたらに口に運びながら木田が先を言いよどんでいると、阿部は案外気にする風もなく、

「仕事を辞めていつまでも何もしないでいるのも何ですから、それでこんなところへ来ることになったんです。ここにはボクを知る人はいないし、誰からも干渉されない。第一、時間の流れが違うんですよ、日本とは」

「確かに、日本は全てにおいて忙し過ぎるのかも知れませんね。今も抗鬱薬は飲んでいるのですか？」

「いや、今はもう飲んでません。半年ほど前から止めました」

遠くで突然アップビートの音楽が鳴りだすと、人々の歓声が上がり、司会者の絶叫が彼らのテーブルまで響き渡る。さっきの店でニューハーフのショーが始まったのだ

ろう。彼らはちょっと話を切って、椅子に深く座り直した。

彼を心配した両親からしばしば連絡があるらしい。

「そろそろ一度日本に帰ろうかと思ってるんですけど」

「お仕事は？」

「いや、未だ仕事に就こうとは思いません。親が心配しているので、一度顔を見せに帰るだけです。親も大分歳《とし》ですからね」

「これからどうするつもりなんですか、日本に帰ってから」

「日本に長くいるつもりはありません。また何か見つけて、何処かへ出て行きますよ」

阿部は暗い海に視線を向けたままで言った。

波の音が突然大きくなって木田の頭の中で砕け散った。それはたちまちビートの効いた大音量の曲と嬌声に変わり、司会者の甲高い絶叫がこれに続いた。

5

不思議の島

週末のその朝、ハウスには誰もいなかった。キッチンにいたマリアに尋ねると、阿部はもう出かけたとのことで、他のメンバーは昨夜から帰宅していないという。木田にも出かけないのかと尋ねてくるが、彼女にとってはどうせならみんな外出してくれた方が助かるに違いない。一人でも残っていれば、木田一人のために食事を作らなければならないわけだから。

マリアが作ってくれた質素な朝食を摂りながら、出かけるから昼食は要らない、と告げると「夕食は？」と訊いてきた。明らかに夕食も作らなくてもよくなることを期待しているのが分かる。「うん、夕食も要らない」、と期待に応えてやってから、さて、今日は何処へ行こうかと考えてみる。考えが纏《まと》まったわけではなかったが、とにかく暑くならないうちにと思って、少量の飲料と菓子類を小さなバッグに詰めて、とりあえず以前ウェンディと歩いた山道をまた上ってみた。

しばらく上ると、ヤシの葉と薄い板で作られた隙間だらけの小屋の前で遊んでいる子供たちが、ハローと声を掛けてくる。木田もなるべくにこやかに、ハローと応えて手を振る。小屋の中では、褐色の肌の男女が、何やら手仕事の手を休めてこちらを見ている。彼のような明らかなよそ者がこの山道を上って行くのは、そんなに珍しいものなのだろうか。

数軒の小屋が集まった前には、決まって数匹の痩せた犬がうろついている。日本を出る際、厚労省のホームページでは狂犬病への注意喚起があり、むやみに動物に近づかぬように、とあったがこれでは避けようがない。しかも犬の方では見知らぬ怪しい奴が来たとでも思っているのだろうか、鼻を鳴らしながら木田の方へ近づいて来るものさえいる。ここはなるべく犬を刺激しないように、そっと通り抜けるよりない。内心びくびくしながらもそれを気取られぬように犬の脇をすり抜ける。未だ陽は斜めだがもうじわじわと気温が上がってきて、少し歩くと直ぐに汗が吹き出してくる。しかし、少なくともその汗の一部は、放し飼いの犬たちの傍らを意識を殺してすり抜ける緊張感によるものもあったに違いない。やがて左手に大きな電波塔が現れた。木田はここで道を逸れて、いつかウェンディと来た、海を望む草原に出た。

この日も海から強い風が吹き渡って森のヤシの樹を大きく揺らしていた。草原に人影はなく、耳元で唸る森を渡る風の音以外には何も聞こえない。

遥かに紺碧の海と空の境を、白く輝く絹切れのようなものが風に流されていく、と見るとそれは急に反転して向きを変え、濃い森の緑の中へ姿を隠した。まるで天女の羽衣かと見えたものは大きな白い鳥だったのだ。白い鳥は再び森から飛び立つと、強い風に乗って、陽に輝く青い海を背景にゆっくりと流れて行った。

小さな東屋に腰掛けて生温《なまぬる》くなった缶ビールを呷《あお》ると、風が火照った頬を心地よく冷ましてくれた。木田は東屋の中で陽を避けながら、ただぼんやりと風の中に身を任せていた。東屋のある草原には所々にデュハットの大きな樹が武骨な枝を広げていた。日本では見慣れない樹だったが、以前来たとき、ウェンディからその樹の名前を訊いていたし、英語ではブラックベリーの樹というのだとも教わっていた。

東屋から正面に見える、森の外れの大きなデュハットの樹を彼が見るともなく眺めていたとき、その瘤だらけの太い幹の蔭に何か白いものが動いたような気がした。しばらく窺っていると、白いものが時々見え隠れするが、そこから動いていく様子もない。誰もいないと思っていたのに、木陰に誰かいるのだろうか。バッグと飲み止《さ》しのビール缶をベンチに残して、彼は太いデュハットの樹に近づいた。白く揺れているのはスカートの裾のようだった。

白いワンピースの少女が一人幹にもたれ、座ってスケッチブックを広げていた。風で煽られるスケッチブックを手で押さえながら、無心に鉛筆を動かしていたのだ。

彼が「ハロー」と声を掛けると驚いたように振り向いたが、「ハロー」と応えてにっこりと微笑んだ。歳の頃は一〇歳そこそこだろうか。黒い髪と黒い瞳の未だあどけなさの残る少女で、顔つきからするとどうやら西洋人と東洋人の混血らしい。そのせいか純粋の西洋人にみられがちな表情の険しさが感じられず、親しみの持てる顔立ちだった。眩しそうに眉を少しひそめるようにして彼を見上げたその表情には不思議と彼を戸惑わせる何かを感じはしたが、その折には何故とも考える余裕もなかった。怖がらせないようにと微笑みながら注意深く傍らによって、何を描いてるの、何処に住んでるの、と尋ねても小首を傾げるばかりで返事がない。木田を警戒して応えてくれないわけではないらしい。木田の英語が下手で通じない、というより英語が分からないのかも知れない。「名前は何？」と尋ねるとネイムという単語には反応があり、ディアーナと応えがあった。彼女から話し掛けられた言葉はスペイン語かポルトガル語のように聞こえたが木田には理解できなかった。

ちょっとここに座っていいかな、と声を掛けて勝手に彼女の脇に腰を下ろし、スケッチブックを覗き込むと、嫌がりもせず少女は笑いながら描きかけの絵を見せてくれた。よくここへ来るの？　と問い掛けたが彼女は微笑みながら首を傾げただけだった。そうか、言葉が通じないんだった。

それでも身振り手振りを交えながら簡単な単語を繋げることで、何となくお互いの意思は通じ合えた。次第に高くなる太陽の強い陽射しも、彼らの座る樹陰には届かず、海を渡る風が心地よかった。彼女は物怖じもせず、白い歯をのぞかせてよく笑った。彼が覗き込むと、何やら木田には分からない言葉で盛んに説明を加えながらスケッチブックをめくっては、今まで描いたスケッチも見せてくれた。殆どがこの辺りからの風景を描いたものらしく、山の上から見下ろしたアングルで描かれていて、まるで空から描かれたような不思議な風景画だった。中にはおとぎ話に出てきそうな西洋風の家や人物のスケッチもあった。それが彼女の家や両親なのだろうか。
しばらくディアーナと過ごすうちに、木田は時折見せる彼女の訝しげに彼を見る傾げた顔に、何時《いつ》か何処かで見たことがあるような懐かしさを感じるようになっていた。この顔、この仕草、何処かで見たような気がする。しかし、何時何処でか思い出せない。心理学や精神病理学でいうデジャヴ[9]という現象に違いなかろうと自分を納得させながらも、何か心に引っかかるものが残るのを否定できない。

彼は喉の渇きを覚え、飲み止《さ》しのビール缶があったのを思い出したが、少女の隣でビールを飲むわけにもいくまい。バッグの中に携えてきた飲料は他に水だけだ。そうだ、彼女のためにもさっき通って来た集落の粗末な店へ戻ってコーラでも買って来よう、と思い立った。意味が分かってくれるかなと多少訝りながらも、今、コーラを買って直ぐ戻って来るから待っているように、と彼女に何度も念を押して急いで犬のうろつく集落まで走って行った。生温いコーラを二本両手に捧げ、初めは犬に悟られぬようにゆっくりと、そして充分離れてからは駆け足で少女の待つ木蔭へと急いだ。

ディアーナ。近づいて声を掛けたが、そこに少女の姿はなかった。何処へ行ったのだろう。森の中へ用足しに出かけたのかも知れないが、それならスケッチブックや筆記用具を残して行ってもいいはずなのに。彼がコーラを買いに行っていたのはほんの一〇分か一五分ほどの間だったろう。訝しく思って見上げた森の梢の間を、白いものが一瞬ちらりと垣間見えたかと思うと、直ぐに樹々の蔭に隠れてしまった。一瞬ディアーナのワンピースかと見誤ったが、彼女が森の梢の蔭などにいるはずがなかろうと気づいて、彼は頭を振って苦笑した。次の瞬間、森蔭から一羽の白い大きな鳥が舞い上がると、折からの風に乗って輝く海へ向かって飛び去って行った。気づくと、彼はコーラの瓶を捧げたままデュハットの木蔭で佇んでいた。そして、何故かディアーナ

［9］ 未経験の事柄にもかかわらず、過去に全く同じ経験をしたことがあると錯覚する現象。既視感。

がもう戻って来ないのだろうと感じた。

見回すと、今まで気づかなかったが、彼が佇む位置から右手に整備された小道が森の横へ伸びていた。この道は何処に続いているのだろう。そうか、もしかすると、ディアーナはこっちへ行ったのかも知れない、と彼は自分にいい聞かせるように呟いて森へと下る小道を辿ってみた。

確かにその道は普通の山道ではなかった。石畳が敷かれ、未だ新しい丸太で所々階段が組まれ、進むに連れて道は森を迂回し、更に広いよく刈り込まれて整備され起伏に富んだ森林公園の中へと続いていた。突然、道の両側の木蔭から馬や水牛が姿を現して彼を驚かせたが、近づいてみるとどれも精巧に作られた彫刻だった。何故こんなところに彫刻があるのかが不思議だった。

更に進むと、やがて森林公園のあちこちに丸太とココヤシの葉で組み立てた幾つもの小屋が現れだした。見上げると太く大きなデュハットの樹の上にも小屋が掛けられていた。どの小屋にも、名前の書かれた木の板が表札のように掲げられている。中には、いかにも立ち飲み店宜しく分厚い一枚板のカウンターが表に面して据えられた小屋もあり、小屋の隅には飲みかけのラム酒の瓶が何本も転がっていた。樹の上に組み立てられた小屋へは、地上からきちんと梯子《はしご》が掛けられていた。こうした小屋には何処もつい今しがたまでの生活の匂いがあったが、一人として人の姿がない。まるで映画や舞台のセットか、あるいは異次元の世界にでも迷い込んだようだ。森の葉影越しに降り注ぐ明るい陽射しが、光と影との鮮やかな絵模様を描き出し、風とともに揺れている。木田は誰かに呼び掛けられたような気がして背後を振り返った。しかし、そこには人影はおろか動物の気配さえ感じられない。周囲は静寂だけが支配していた。聞こえるのは、ただここにも吹き渡っている強い風の樹々を揺する音だけだった。

好奇心に駆られて、梯子から樹上の小屋の一つを覗き込むと、薄暗い小屋の隅で一瞬白い布が揺れた。はっとした彼は思わず「ディアーナ」と声を掛けそうになった。しかしよく見れば、半ば外れかけた白いカーテンが風に靡《なび》き、折からの木漏れ日を浴びてまるで生きもののように揺れ動いていたのだ。彼が見つめる白いカーテンの後ろを、何か小さい影が素早く横切ったようだ。影は一瞬木漏れ陽を映して輝きを放ったように見えた。光る小人を想起した彼は息をのんだ。小さな影はたちまち身を隠し、もう物音一つない。錯覚だったのか、それともネズミかリスのような小動物だったのだろうか。木田はそのままそっと梯子を降りた。

小道はこれらの小屋小屋を巡るようにして起伏の向こうへ迂回して行く。遠くに火が燃えているのか、赤い炎がゆらゆら揺れている。この強い風の中で、一体誰が何のために火を焚いているのか。周囲を見回してから、彼は息を大きくついてゆっくりと炎に近づいて行った。いや、あれは炎ではない。花だろう。赤い花がいっせいに風に揺れている。道は一旦窪みに入り、視界から炎のような花が消えた。彼の脚は自然と速まった。道が窪みから出たとき、彼の目に映ったのは、何本ものロープに結びつけられた無数の赤いテープが吹き流しのように風に棚引いている光景だった。彼の思考は混乱した。人ひとりいないこの山奥に何故こんなものがあるのか。誰が何の目的で作ったものなのか。何しろ、日本では考えられないような不思議が未だ未だ残っている国だ。

こんなところがあることを、ウェンディは知っているのだろうか。とにかく、明日、今日の件はウェンディに話してみよう。ディアーナについても何か知っているかも知れない。

6

ムエレの波止場にて

Ｊハウスでの食事は断ってあったので、そのまま街へ下りてみることにした。山道を時折通りかかるバイクに乗せてもらい、プエルトガレラのタウンへ出た。以前ウェンディと連れ立って入ったことのある小さなレストランで簡単な食事を摂った後は、当てもなく街中をうろついた。人通りの多い街路を歩いていると、すれ違う人々には西洋人の姿も少なくない。中には商店を覗き込んで楽しそうに笑い合っている家族連れもいる。初めのうち木田は彼らの中に白いワンピースの少女を見かける度に、はっとしてつい注視したものだが、ディアーナであろうはずがない。自分でも何だか可笑しくなった。更に日陰を求めるように公設市場へ入ってみたりはしても、さして興味をそそるものはなかった。

公設市場から外へ出たとき、通りを横切る親子と思しきやつれた身なりの三人連れとすれ違った。前を歩く小柄で痩せた女の薄茶色いワンピースはすっかり色があせて、襟や裾はほころびていた。すり減った草履を引き摺るように歩いていたが、肩からは不釣り合いなほどに大きくて真新しく見えるショルダーバッグを掛けていた。その後ろを、裸足の幼い男児と女児が付いて歩いていた。子供たちのシャツも半ズボンもまるでサイズが合っていないようで、雑踏の中にあっても、彼らの姿はかなり異様に見える。思わず立ち止まって彼らに眼を向けていると、

「あれ？　ドクターじゃないですか。どうしたんです？　こんなところで」と声が掛かり、振り返ると、新庄と加藤美幸が笑いながら立っていた。

「あっ、いや、あの連中……」と、木田が三人連れを顎で示すと

「ああ、あれはマンギャン族ですよ」と新庄はちらりと彼らに眼をやって、「きっと街へ買い物にでも下りてきたんでしょう」とこともなげに言った。

「マンギャン族の連中は直ぐに分かるんですよ」

「以前は街中でも裸足で歩いてたって、トニー、言ってたわよね」と加藤美幸が言い添えた。

マンギャン族という呼称は、実はこの島に住む原住民族の総称で、実際はそれぞれ言語も風習も異なる七種ほどの民族がいて、文明の進歩の程度も実に様々なのだという。中には未だに褌《ふんどし》のようなものを身につけただけで暮らしている連中もいるし、自分たちがフィリピンという国にいることは勿論、フィリピン人という自覚さえない者も少なくないのだそうだ。

新庄は一頻《ひとしき》りマンギャン族についての蘊蓄《うんちく》を語り終えると、「あっ、ボク等は今からもうちょっと行くところがありますので」と、思い出したように言い、「じゃあ」と加藤美幸を肩で促し、連れ立って市場の裏手の方へ消えてしまった。二人はきっと昨夜はサパン[10]にでも行って、今戻ってきたのだろう。

マンギャン族についての新庄の話は、木田の胸に少し苦い後味を残して行った。過日訪れた部落では、集落の隅に堆積したゴミの中に何冊もの新しい書籍が混ざっていたのに気づいたが、何か見てはいけないものを見たような気がして思わず目を逸らしたのを思い出した。あの書籍は何だったのだろう。確かに、木田には今まであえて深く考えないように避けてきた自覚はあった。山奥で人知れず自分たちの世界の中だけで平穏に暮らしていたであろうマンギャン族。彼らにとっては、支援事業と称して外から勝手に踏み込まれることが、何処まで幸せなことなのだろう。いや、これ以上考えるのは止めておこう。やはり、こうした問題には深く拘《かかわ》らないようにしよう。

残された木田は、気持ちを振り払うようにして周囲を見回し、何処へ行こうかとしばらく迷っていたが、足は自然とムエレの船着き場へと向かっていた。

［10］ プルトガレラからジプニーと呼ばれる小型改造バスで一五分ほどの北東にある歓楽街。

波止場の車止め近くに船の乗船チケットを売る小屋が建っていた。間もなく出航する船があるのだろう。木田の姿を見かけると、チケットを求める客と思ってか、盛んに船の行き先を連呼してくる。行く先は聞き覚えのない街の名前だった。自分は乗船客じゃないと手を振って示しながら小屋の傍らを通り抜け、桟橋の方へ行ってみた。つい数週間前に、吉田に伴われてここに到着したのが、もう随分過去のことに感じられる。

ふと見ると、桟橋のたもとで、大柄な西洋人の男が、小柄な若いフィリピンの女と別れを惜しんで抱き合っている。彼が乗船する予定の船は、既に出航の準備を終えて彼を待っている。それでも、頭髪の少し禿げ上がった屈強な西洋人は意に介する様子はない。フィリピン娘と抱擁と口づけを繰り返し、下着が浮き出るほどに薄く短いワンピースの上から、娘の背、胸、尻をさすり続けている。男の逞しく太い腕に密生した金色の体毛が、腕の動きにつれて光った。桟橋のテントの陰にしゃがみ込んだフィリピンの若い男たちが、黙ってこの様子を眺めている。ある者は眩しそうに眉根を寄せて、ある者はぽかんと口を開けて、またある者は全く無表情に。誰も一言も発する者はなかった。木田は息苦しさを感じて眼を背け、桟橋を後にした。Ｊハウスの周囲にあった洋館にも、あのような男たちが住んでいるのだろうか。そしてあのようなフィリピン娘と一緒に……。

いつしか気がつくと、ヨットが浮かぶ港を臨むいつものレストランに来ていた。ここが木田にとって最も心安らぐ場所だった。レストランの海辺りの席でビールを飲みながら、先ほど桟橋で見た光景に思いを巡らせていると、思いがけずスマートフォンの着信音が鳴った。阿部からだった。近くにいるとのことだったので、来てもらって一緒に食事を摂ることにした。

今までウェンディとバタンガスまで行っていて、今戻って来たところだと、阿部は木田の向かいに座るなり言った。

「どうせ明日も休みなんだから、そのままバタンガスに泊まってくれればよかったんじゃないですか」と半分は冗談のつもりで木田が言うと、

「ええ、実はボクもそのつもりだったんですが、今夜は彼女にどうしても用事があるということだったので今戻って来たんです。さっきまで、一緒だったんですが、ウェンディとはそこで別れたところです」と彼は真顔で応えて、木田の前に運ばれて来たアフリターダ[11]の大皿を見ながら、自分のビールと食事を注文した。彼がウェンディを気に入っているらしいことは気づいていたが、笑顔も見せずにウェンディについて語り始める彼の真剣な表情は意外だった。と、唐突に彼が言った。

「実は、ウェンディには子供がいるんです」

何だって。大学を休学中で、未だ幼い少女のようにさえ見えたウェンディに子供が？

木田は驚いて手にしたビール瓶を口に運ぶのを忘れて彼を凝視した。

「え？　彼女に子供がいるんですか」

「ええ、大学の同級生との間にできた子供なんです。こちらでは多いらしいですよ、こういうのが」

木田は、聡明そうなよく動く大きな瞳を持ったウェンディの浅黒い笑顔を思い出していた。

「この国ではよくある話なんですが，彼女の実家は貧しいので、彼女が働いて実家の家族を養う必要があるのです。ところが、彼には彼女と結婚して彼女の実家の面倒まで見る気は毛頭ないのです。第一、彼の方だって実家から収入を当てにされてるでしょうから、ハナから無理な話なんですよ」

「そんな。結婚できる当てが始めからないなら、どうして……」


［11］鶏肉をタマネギやニンジンなどの野菜とトマトソースで煮込んだフィリピンの家庭料理。

「そうでしょ。馬鹿なのかも知れませんね。後先のことなんてあまり真剣に考えないのでしょう。この国では宗教上の理由からか、避妊を殆どしないので、私生児を抱えた女性がすごく多いですよ。それに、一旦結婚しても、男が満足に働かない、あるいは働いても収入が少ないから結局はウェンディみたいになってしまう、というケースが実に沢山あるんです」

「そうか、そうだったんですか。あんなにいい娘だし、賢そうですがね、ウェンディは」

「ああ、ドクターもそう思いますか。彼女、いい娘ですよね」

木田がウェンディを褒めたことが彼には随分嬉しかったらしい。運ばれて来たビールの瓶をそのまま口に運び、二、三口立て続けに飲んでから阿部は言葉を続けた。

「それで、ボクは決めました。ウェンディと暮らそうと思うんです。来週一旦日本へ帰りますが、一月《ひとつき》くらいしたらまた戻って来て、ボクはウェンディと一緒に暮らします」

彼の口調はきっぱりとしていて、以前ピースビーチで話したときの、力ない不安そうな様子とは大分違っていた。

「ウェンディには話してあるんですか」

「ええ、彼女も同意してくれています」

「でも、生活費は」

「働いていたときの蓄えが未だ少しあるし、田舎ですけど親から譲り受けた小さな家がありますから、それを処分しようと思うんです。今回帰国したときにそうした手続きを済ませてくるつもりなんです。計算してみたら、この辺りでは、エアコン付きの小さなアパートを借りても、食事代など生活は月に一〇万から一五万円程度で済むようなんです」

話しながら、彼の語調は次第に強くなった。木田の前で話しながら、まるで自分自身にそう言い聞かせているようだった。

「当分は働かなくても生活には困らないし、そのうちにはこの国にもすっかり慣れるだろうから、健康にさえ自信がつけば何とかなりますよ」

そこまで話し終わると彼は、大きな口を開けて大皿の料理を匙で掬《すく》い、一仕事終えた後の満足感に溢れた顔で食べ始めた。

未だ少女の面影を残すあのウェンディに子供がいた。この目の前にいる、故郷で生き抜く術《すべ》を失い精神を病んで異国へ逃れた男は、子連れのウェンディと文明の及ばぬ土地で再生に挑もうという。木田は目の前に置かれたアフリターダの大皿に手を伸ばす気を失っていた。木田はやや温《ぬる》くなりかけたビールの瓶を思い出したように飲み干した。

暮れなずむ目の前の桟橋に、今しがた到着した小さなボートから、スクーバダイビングを終えて戻って来た西洋人のグループが、賑やかに語らいながら上がって来た。いま木田たちがいるレストランはホテルのエントランスの脇にある。彼らはこのホテルから、チャーターしたボートでサパンやその他近隣のビーチやダイビングスポットへ出かけて行ったのだろう。西洋からこんなに遠く隔たった東南アジアの海を、彼らはどうやって知ったのだろう。インターネットの発達は空間的な距離感を希薄にして、世界の果てで生じた小さな出来事でさえ瞬時に世界中で共有される知識に普遍化してしまう。この傾向は今後ますます顕著になっていくに違いない。この島にもやがてもっと大勢の観光客が遣《や》ってくるようになるだろう。

長い間、スペインやアメリカに植民地として統治されて来た結果、この国の人々は流暢に英語を話す。だから一層、西洋人にとっては馴染み易い土地でもあるわけだ。各地にカソリック教会が建ち、人々は日曜日毎に礼拝に出かける。そのとき、祈りの言葉は英語であげるのだろうか。そして祈りの内容までも。

しかし、そんな人々が一方では不治の病に際しては未だ祈祷師に縋《すが》る矛盾した一面を残している。それでもやがては祈祷師の存在した事実さえ過去の深い記憶の沼に沈みきってしまい、口の端にも上らぬ時代が来るのだろう。NGOの名前にもなり、この島を特徴づける水牛カウバオ。彼らが耕す水田にはトラクターが入り、やがてカウバオは島から姿を消していくだろう。綿の木に注意を払うものはなくなるだろう。パパイヤやバナナは山で採取するものではなく、スーパーマーケットで購入する商品になっていくのだろう。そのとき、山や森のディワータは何処へ行くのだろう。

その夜、阿部は饒舌《じょうぜつ》だった。木田は殆ど口を挟むこともなく彼の話に耳を傾けていた。

夜遅く、彼らは電灯一つない暗い夜道を、エンジン音ばかりが響くわりに少しもスピードが上がらぬトライシクルに掴まって、山のハウスへと戻った。

7

哀惜の丘

翌朝、木田はウェンディの来るのが待ち遠しかった。朝食前に、待ち切れなくなった木田は、キッチンで朝食の準備をするマリアに、昨日見た山の上の不思議なおとぎの国のような広場について尋ねてみた。しかし、木田の説明が悪かったのか、彼女が仕事中で忙しくて相手をする気がなかったのか、あるいは本当に全く知らないのか。マリアは首を傾げたり、とんちんかんな返事をするばかりだった。

英会話の練習相手に来てくれる約束のウェンディは、約束時間にやや遅れてやって来た。木田は彼女を例の不思議なおとぎの里へ連れ出すつもりでいた。かつてウェンディと連れ立って海を眺めた丘から連なる不思議なおとぎの里へ、彼女を誘おう。それにしてもあの草原の丘から裏手にあんな不思議の里が広がっていることを、今までウェンディは知らなかったのだろうか。内緒にしたまま現地へ連れて行って、驚く彼女と謎の森を散索するのも楽しいのではないか。そう思いながらも、どうしてもその神秘的な謎への好奇心に勝てず、木田は思わず昨日の山での出来事を彼女に語っていた。

勢い込んで不思議の里について語る木田に、彼女の返事は極めて明瞭でなおかつ期待はずれのものだった。往々にして期待の大きさが結果と反比例するのは日本でもフィリピンでも、何処の土地でも変わらぬ真理であるらしい。ウェンディは少しも驚かず、何の感情も込めぬままに言った。

「はああ、あそこはフェスティバルの会場だったんですよ。ドクターが来る少し前にあそこで島のフェスティバルが開催された跡なんです」

木田のおとぎの里が一瞬にして瓦解消失した。広場の広大な芝が綺麗に刈り込まれていたのは当然だった。火が燃え盛っているように見えた風に棚引くテープの群れは、フェスティバルの装飾だった。実物かと見まごう馬やカラバオの彫像はフェスティバル用の展示物だった。おとぎの里の草葺き屋根の家々は次回のフェスティバルまでそのまま据え置かれているのだろうか、それとも近々には撤去の予定なのかは訊くまでもなかろう。そうだ、白い鳥になった少女は……。一〇歳くらいの可愛い女の子が……、と言いかけて止めた。ウェンディでもそこまでは知らないはずだ。近くの別荘の子供だろうなどという想像は聞きたくはなかった。風の強い森の傍《そば》で彼女が突然姿を消し、折から白い大きな鳥が飛び立って行った事実は木田の脳裏に鮮やかに刻み込まれていたし、その鮮やかな映像に説明も解釈も不要だった。木田はもうすっかり、ウェンディと山の草原へ出かける気持ちをなくしていた。

いつになく早い時間に廊下の人声に起こされ部屋を出ると、既に身支度を終えた阿部を、トニーのトライシクルが待っていた。傍らにはウェンディが立っていた。突然の帰国で、ジープや運転手の手配がつかなかったとかで、迎えに来たトニーのトライシクルの荷台に大きなスーツケースを積み込み、屋根の上には阿部がこの地で購入した大きなベッドマットを乗せ、ずり落ちないようにトニーがロープで縛り付けていた。ウェンディにあげるのだと言っていたが、きっと再び来比するまで、そしてウェンディとの共同生活を始めるまで、彼女の実家に預けておくつもりなのだろう。

いろいろ有難うございました、とその場に居合わせた一人ひとりに挨拶を済ますと、阿部はウェンディをサイドカーの中に座らせ、自身はトニーの後ろの後部座席に跨がった。見送る者は木田とマリアと、何故か今日は未だハウスに残っていた加藤美幸の三名だけだった。トニーがトライシクルのエンジンを始動し、ゆっくりとハンドルを切った。阿部がもう一度木田に頭を下げた。ウェンディは笑顔を見せ、小さく手を振った。一五〇cc単気筒のエンジンが唸りをあげ、トライシクルは山を駆け下りて行った。

阿部を見送った後の木田は、何となく放心状態で何もする気が起きず、しばらく自室のベッドの上で天井を見つめていた。ぼんやりと天井を見つめていると、先日の波止場で見た光景が蘇ってきた。うら若いフィリピン娘と、白熊のような太い腕を娘の腰にまわした初老の西洋人の男。そして、二人が愛撫し合う様子をしゃがんだままただ黙って見つめる現地の若い男たち。その情景は、木田の心に忘れていたはずの遠く懐かしい記憶を呼び起こした。

木田が少年期を過ごした頃の横浜の下町には、未だ戦後の匂いが微かに漂っていた。彼が両親と住んでいた小さな借家の裏手にはいつも真っ赤なワンピースを翻した若い女……そんなはずはないのだが、思い出の中のその女はいつも赤いワンピース姿だった……が黒人の米兵と住んでいた。近所の腕白どもが群れをなしてその家を覗き込んでは「やーい、パンパン[12]」とはやし立て、眼を吊り上げた女が飛び出してくると、一目散にバラバラに逃げ出す。子供たちにその言葉の意味が分かっていたわけではない。彼らにとってはスリルに富んだ一種の鬼ごっこだったのだ。そして、訳も分からぬまま、そんな年長の少年たちに付いて回っていたのが幼い木田だった。年少の木田は逃げ足も遅く、度々ワンピースの女に捕まった。女は木田の襟首を捕まえては木田の家に怒鳴り込んだ。血相を変えて怒鳴りつける女に、母親はいつも平謝りに頭を下げていた。

木田が小学校に通うようになった頃、いつの間にか女も米兵も姿を消していた。小学校には様々な階層の子供たちが通学していた。ピアノやヴァイオリンを習っている身なりの良い子供たちと、未だ髪にシラミのたかっている子とが同じクラスで机を並べていた。

その頃、木田は同級生のある女の子と親しくしていた。英梨華《エリカ》という、当時としては斬新な名の娘だった。何度かあったクラス替えでも何故かその娘とは不思議といつ

［12］ 戦後の混乱期の日本で、進駐軍兵士を相手にした日本人街娼の蔑称。

も同じクラスになった。何年も同じクラスで過ごすうちに次第に親しくなり、お互いを「えっちゃん」「しゅんちゃん」と呼び合いながら、放課後もよく一緒に遊んだ。時にはクラスメートの男子からやっかみ半分に揶揄《からか》われもしたが、「あんなの放っときなさいよ」と平然と言い放つ彼女に励まされ、少し気の弱い木田だったが、クラスメートの眼を気にしながらも二人だけで夏の縁日の屋台を覗いたり、神社のお神楽や巫女舞《みこまい》を肩を並べて眺めたりしたものだった。

時折強い風が吹きつけるある夏の夜、小学校に隣接する神社で催された巫女舞を、二人肩を並べて眺めていた。巫女舞を舞える少女は中学生以上と決まっていた。翌年の舞子に選ばれた少女は、一年かけて宮司や氏子の年長者から指導を受けて、晴れの舞台に立つ。白い小袖《こそで》に赤い袴《はかま》をはき、金の冠を付けて、横笛、笙《しょう》、太鼓の音に合わせて優雅に舞う姿は神々しいまでに美しく、その土地の女の子にとって、舞子に選ばれることは無上の名誉を意味していた。

その夜の巫女舞も、手に鈴と剣あるいは扇を持った少女は、大勢の観衆の視線を浴びながら厳かにそしてしめやかに舞っていた。

「あたし、中学生になったら舞子になってあして踊ってみたい」

最前列で木田と肩を並べて舞台を見上げていた彼女がぽつりと言った。きっと、彼女なら美しく素敵な舞子になれるにちがいない。そして、みんなの賞賛を浴びるだろう。木田が彼女の横顔に見とれながらそう思ったとき、突然一陣の突風が吹き、舞台に張られた注連縄《しめなわ》から下がった大きな垂《しで》がちぎれ、舞台の外へ舞い上がった。ちぎれた白い垂は風に吹き上げられ、ゆらゆらと空中を漂った後、たちまち夜空の中へ消えて行った。鋭い横笛の旋律もまた風に乗って高く夜空に流れた。


あるとき、木田はその少女の誕生会に招かれた。誕生会に友達を呼ぶ風習自体殆ど馴染みのない頃のこと、まして女の子の誕生会にその自宅へ呼ばれたのは初めてのことで、有頂天になって興奮していたのを思い出す。

招待されたのはクラスの数人の女の子と、男子は木田を含め二人だけだった。エリカの家は洒落た洋館で、部屋も、調度も、彼女がマミーと呼ぶ母親手作りのハンバーグも、木田には何もかもが珍しく、豪華で、別世界のようだった。やがて他の子供たちがピアノやらゲームやらに興じている間に、彼女が木田一人を二階の自室へ招じ入れてくれた。その部屋には映画でしか見たことのない大きなベッドが置かれていた。思わずベッドに飛び乗ってその弾力を楽しみ、そしてベッドの上に仰向きになって包み込まれるような感触を楽しんだ。木田が仰向きになっていると、脇に同じような格好で寝転んだ少女が、ポツンと「あたし、引っ越さなきゃならないんだ」と呟いた。

「え?、どうして」と驚いて尋ねる木田に、

「お父さんの仕事で、ハワイに帰るんだ」と彼女は沈んだ声で答えた。彼女の父親は米国人だった。貿易関係の仕事をしているらしいが、詳しいことは木田にはわからな

かった。

「いつ？」

「五年生が終わったら……ねえ、峻ちゃん、手紙頂戴ね」

「うん」

「きっとよ」

「うん」

白い天井を見つめながら木田は答えた。白い天井の隅に雨漏りのシミが広がっていた。

その後、中学生になってからもしばらくは彼女との文通が続いていた。やがて、米国流にフローレンスと名を代えた彼女からの手紙に英語が交じりだし、次第に日本語が少なくなっていくうちに、どちらからともなく文《ふみ》は途絶えてしまった。彼女の手紙に添えられていた写真。そうだ、あの写真の彼女はディアーナと似ていなかったか。ディアーナに何故か懐かしさを覚えたのは、もしかしたら彼女にフローレンス、いやエリカの、面影を見たからなのだろうか。

思い出を辿るうちに、木田はもう一度、例の風の丘に行ってみようかと思い始めた。それでも決心が付きかねて迷っていた。やおら起き上がってハウスの玄関を出ても、未だ木田は躊躇っていた。輝く青い海原から、いつものように森を渡って強い風が絶え間なく吹き上げてきていた。ウェンディと一緒にもう一度尋ねようとの気持ちを失ってから、木田はもうこのまま二度とあの丘には行くまいと決めていたのだ。阿部を見送り、部屋の天井を見つめるうちに、もう一度だけあの丘に行ってみようという誘惑が沸々《ふつふつ》と湧き上がるのを感じていた。

しばらくハウスの前で躊躇った後、彼の脚は惹きつけられたかのようにまたあの丘へと向かっていた。陽は既に高くなっていて、日陰から出ると直ぐに汗が噴き出してきた。風の丘に何を期待しているのか。あの少女か。あの不思議な妖精のような少女。

妖精？ そのとき、突然彼は思いついた。もしかするとあのとき、少女は自分をディワータと言ったのではなかったのか。彼女がそう名乗ったのを、ディアーナと聞き違えたのではないか。まさか、いくら外国語が苦手といってもディワータとディアーナを聞き違えるだろうか。そんなことはあり得ない、と彼の理性は否定したが、その想念は彼に執拗に纏《まと》わりついた。木田は逸《はや》る気持ちを抑えながらゆっくりと山道を上った。それでも強い陽射しは容赦なく彼の肌を焼いた。

丘の入口近くにある小さな集落まで来ると、店先に腰掛けた痩せた女は彼を覚えているのだろう、「コーラ、コーラ」と声を掛けてきた。彼は以前のようにカロリーオフの生温いコーラを購入しバッグにしまうと、まぶしそうに眉を寄せてまた坂道を上り続けた。犬どもはもう彼に見覚えがあるからだろうか、それとも単に暑さを凌ぐためにそうしていたのか、みな日陰に寝そべったままで彼を見ていた。

ほどなく、風の丘へと辿り着いた。この日も丘には誰もいない。丘の上からはいつもの変わらぬ風景が広がっていた。強い風が吹き渡る中を、風を切るように燕が数羽飛んでいた。汗が滴りシャツはぬるま湯に浸かったようになったが、それでも身体が火照って暑く身体中から湯気でも出ているのではないかと感じられた。思わず足元がふらつき軽い目眩を覚えた。少し頭痛もする。まずいなあ、これじゃあ熱中症になっちまうぞ、と多少不安を感じた彼は日陰を求めて東屋へ向かいかけた。

ふと見やると、眼下に広がる深い森の緑、その向こうに何処までも青く澄んで輝く空と海、その鮮やかな青と緑の背景の中に、真っ白な布のようなものが風に吹き流されて飛んでいた。それはまるで、かつて木田が幼い頃神社の巫女舞で見た、風に飛ばされた白い垂を想起させた。思わず息を詰め身を固めて木田が見つめていると、軽やかな垂と見えたものはたちまち白い大きな鳥に姿をかえた。白い鳥は陽を浴びながら風に乗って飛翔していた。鳥は翼を大きく広げたまま、ゆったりと空中を滑走していたが、彼の視線を察知したかのように突然急降下すると、手前の重なり合う濃緑の森の中へ身を隠した。彼は息をのんで、じっと鳥が舞い降りた森陰を凝視した。まるで大切なものを見失うまいとでもするかのように。森の樹々は絶え間なく大きく打ち震えて、梢は撓《しな》っていた。そんな中で、彼は彫像のようにじっと瞳を凝らしたまま待ち続けた。やがて、白い鳥は彼が凝視し続けていた樹々の陰から、雲一つない紺碧の青空へと舞い上がった。鳥は強い風に乗って、幾度となく森の上をゆっくりと旋回した。今やサギに似たその姿は、彼にもはっきりと識別できた。次第に彼の立つ丘に近づいた白い鳥は、大きく翼を翻すと、彼の眼下の密林のような森の中へと再び身を隠した。

……エリカ。咽喉の奥で声が張りついた。木田は鳥の舞い降りた森蔭から眼をそらすことができなかった。既に木田の帽子は強い風に何処へともなく吹き飛ばされていた。海から吹き上がる強い風は、かつて幼い木田が神社で聞いた笛のような鋭い音を奏でていた。笛の音は深い森の樹々を揺すり、大きなココヤシの葉は舞い続ける巫女の鈴のように打ち振られて彼を手招いていた。白い鳥が彼に呼び掛けている。陽はあくまでも高い。彫像のように立ち続けていた彼の影が揺れ、木田はゆっくりと丘を下り始めた。照りつける強い陽射しも、瘤だらけの太いデュハットの樹も、周囲を飛び交う燕も、一切が目に入らなかった。その場に落としたコーラの瓶から、飲み止しの黒い液体が流れ出た。彼は熱に浮かされた人のように、ふらつく足取りで一歩一歩丘を下ると、白い鳥の待つ、緑滴る深い森の中へと入って行った。

〈著者紹介〉
しのぶ ひろ
本名　河村攻
神奈川県出身。医師、薬剤師、三文文士。
著書に、「あなたへ贈る童話」、「松代夜話・鯉」があり、他に本名での著書に「なぜ治らないの？と思ったら読む本」「ハイブリッド医療のすすめ」があります。

ディワータの島《しま》

2025年4月23日　第1刷発行

著　者　　しのぶ ひろ
発行人　　久保田貴幸

発行元　　株式会社 幻冬舎メディアコンサルティング
〒151-0051　東京都渋谷区千駄ヶ谷4-9-7
電話　03-5411-6440（編集）

発売元　　株式会社 幻冬舎
〒151-0051　東京都渋谷区千駄ヶ谷4-9-7
電話　03-5411-6222（営業）

印刷・製本　中央精版印刷株式会社
装　丁　　弓田和則

検印廃止

Printed in Japan
ISBN 978-4-344-69257-2 C0093
幻冬舎メディアコンサルティングＨＰ
https://www.gentosha-mc.com/